BARCO
A VAPOR

O menino que caiu no buraco

Ivan Jaf

Ilustrações
Weberson Santiago

© Ivan Jaf, 2004

Coordenação editorial: Claudia Ribeiro Mesquita,
Jogo de Amarelinha e Graziela Ribeiro dos Santos
Preparação: Cláudia Nucci
Revisão: Marcia Menin e Carla Mello Moreira

Edição de arte: Natalia Zapella e Rita M. da Costa Aguiar
Produção industrial: Alexander Maeda
Impressão: Bartira

Dados Internacionais de Catalogação na Publicação (CIP)
(Câmara Brasileira do Livro, SP, Brasil)

Jaf, Ivan,

    O menino que caiu no buraco / Ivan Jaf ; ilustrações
Weberson Santiago. -- 2. ed. -- São Paulo : Edições SM,
2017. -- (Barco a vapor)

ISBN 978-85-418-1748-6

1. Literatura infantojuvenil I. Santiago, Weberson.
II. Título III. Série.

17-04116   CDD-028.5

Índices para catálogo sistemático:
    1. Literatura infantil 028.5
    2. Literatura infantojuvenil 028.5

1ª edição agosto de 2004
2ª edição 2017
7ª impressão 2022

Todos os direitos reservados à
SM Educação
Avenida Paulista 1842 – 18ºAndar, cj. 185, 186 e 187
– Cetenco Plaza
Bela Vista 01310-945 São Paulo SP Brasil
Tel. (11) 2111-7400
atendimento@grupo-sm.com
www.smeducacao.com.br

Sumário

Borboleta azul 7

Buraco 17

Sol 25

Orelhas peludas 31

Poço dentro de poço 39

Carneirinhos brancos 49

Barriga cheia 57

Cajado torto 67

Raízes 75

Bicicleta 83

BORBOLETA AZUL

O MENINO ACORDOU CEDO para ir à aula. Muito cedo. O galo cacarejava nos fundos da casa. Pela janela do quarto podia ver o sol despontando atrás das montanhas. O dia prometia ser lindo, com o céu de inverno muito azul e quase sem nuvens, os passarinhos cantando e o cheiro da cerca de eucaliptos que seu pai plantara havia muito tempo.

O menino tinha treze anos, mas já sabia que um dia bonito não queria dizer nada. Em dias bonitos também aconteciam coisas ruins, porque a natureza não podia ficar prestando atenção à vida das pessoas.

Custou a sair da cama. Tinha a forte impressão de que nada de bom ia acontecer depois que fizesse isso. Seria melhor continuar ali, afundando cada vez mais para debaixo dos cobertores, com as pernas dobradas e as duas mãos entre elas, naquele mundo quente, escuro e quieto.

O grito da mãe o acordou de verdade. Pulou da cama, vestiu o uniforme do colégio às pressas, pegou a mochila, que já estava arrumada, calçou os tênis ainda sujos da lama das chuvas da semana anterior e correu para o banheiro.

Sua mãe já colocara o copo de café com leite e os biscoitos em cima da mesa da cozinha. Ela estava como sempre: os cabelos desgrenhados, as rugas profundas, os olhos inchados de uma noite maldormida, vestindo aquele roupão ensebado amarrado na cintura por um pedaço de corda de varal.

A mãe apontou um pequeno embrulho sobre a mesa, dentro de um saco plástico. Era o lanche. Ele o colocou dentro da mochila. Precisava dele. Passava quase o dia todo fora e na escola não davam comida. Mas sentia-se culpado: cada pão, cada grão de feijão, cada pedaço de carne que ele comia vinha do trabalho da mãe, lavando e passando, de manhã até a noite, as roupas dos turistas que vinham se divertir nos sítios do outro lado do rio.

O pai não tinha ido embora, abandonado a família, se acabado com bebida, sumido no mundo, nada disso. O pai do menino vivia lá no quarto, na cama. E não estava nem doente do corpo.

Tinha sido um marceneiro muito bom, com muitos clientes. Fazia móveis, prateleiras, armários, escadas, sabia montar toda a armação de um telhado e chegou a fazer um chalé inteiro de madeira. Conhecia o nome das árvores, tinha uma bolsa de couro cheia de ferramentas bem tratadas, procurava deixar tudo perfeito e usava uns óculos de lentes muito grossas, de tanto que se preocupava com os pequenos detalhes.

Naquele tempo o menino sentia muito orgulho do pai. Aos sábados, ia na garupa da bicicleta, com a bolsa das ferramentas no colo, ajudar nos serviços. Todos tratavam seu pai com muito respeito. Era um homem sério, que trabalhava calado e em silêncio. Chegava a pedir que desligassem um rádio, por exemplo, porque precisava "ouvir" a madeira. Quando alguém reclamava que assim, sem distração, o trabalho pesava mais, ele dizia que era só questão de se acostumar.

— O silêncio primeiro é um problema, depois uma solução — falava ele.

O menino gostava muito das frases do pai.

Mas agora o pai vivia na cama. Havia quase um ano. Ninguém sabia o que estava acontecendo. Sem forças para trabalhar. Os médicos alegavam que ele não tinha nada, que se quisesse poderia levantar e fazer as coisas, mas o problema era que ele não queria. Depois de um longo período sem trabalho, ele simplesmente desistiu e ficou no quarto.

O menino lembrava de uma noite, quando o pai chegou da vila e sentou na cadeira da varanda, olhando os vaga-lumes. Lembrava da mãe perguntando o que havia acontecido, e o pai repetindo:

— Muito barulho. Muito barulho.

No dia seguinte, não saiu da cama.

Tiveram de vender as ferramentas melhores, para comprar comida.

Se alguém entrasse no quarto e perguntasse o que estava sentindo, a resposta era sempre a mesma:

— Estou triste.

E depois o silêncio.

Agora ninguém falava mais sobre isso naquela casa.

O menino botou a mochila nas costas e saiu sem dizer nada.

Havia muito tempo que naquela casa ninguém gostava de falar, muito menos de sorrir.

...

O dia estava mesmo bonito. O sol refletia no orvalho e o menino ia pisando pequenos arco-íris na grama rala do caminho. Havia uma única nuvem, muito branca, sobre as montanhas, parecida com as bolas de algodão que ele tirava de dentro dos vidros de remédio que davam para o seu pai, mas que não adiantavam nada.

A escola ficava a três quilômetros de distância e ele normalmente levava uma meia hora até lá, porém naquele dia estava sem pressa nenhuma. Não teria as duas primeiras aulas. Podia até ter continuado na cama. Mas a verdade é que qualquer coisa era melhor do que ficar em casa.

A primeira parte do caminho eram duas faixas de barro paralelas que cortavam o mato ralo de um pasto, feitas pelas rodas das charretes e dos carros de boi. Por ali se chegava a uma estrada mais larga, de barro socado e cheia de buracos, em que às vezes passava algum automóvel, porém o mais comum era o menino andar até a escola sem cruzar com ninguém.

O pasto continuava do outro lado da estrada, onde uma trilha estreita levava a uma fábrica de panelas de barro.

A fábrica já não funcionava. Estava parada havia muitos anos. Diziam que o lugar era

assombrado. Vários bois e cavalos foram encontrados mortos no pasto em volta, com marcas de garras afiadas no pescoço. Logo espalharam que por ali vivia um lobisomem e a fábrica acabou abandonada.

O menino costumava ir bem distraído. Seus pensamentos chegavam à escola mais cedo do que ele... o dever de casa feito às pressas, uma lição mal decorada, a menina da outra turma que ele queria que gostasse dele, a nota da prova de matemática... nunca prestava atenção no caminho. Mas naquele dia, como estava mesmo sem pressa, ia observando uma grande borboleta azul que o acompanhava.

A borboleta não virou à direita, em direção à escola. Ela atravessou a estrada e o menino achou uma boa ideia fazer o mesmo.

A escola só abriria dali a umas duas horas. Podia dar um passeio. Aproveitar aquela manhã ensolarada. Passaria pela antiga fábrica, atravessaria a pinguela sobre o ribeirão e alcançaria a estrada, lá do outro lado. Uma hora de caminhada, no máximo. E ele conhecia bem o lugar. Seu pai o levara por ali algumas vezes, quando era criança, para pescar os cascudos que saíam de debaixo das pedras depois das chuvas.

O menino continuou em frente. A borboleta azul desapareceu logo depois.

Era o mesmo pasto, mas agora não se via nem um só cavalo ou boi. Um bando de maritacas passou voando, depois o silêncio voltou. O silêncio lembrava o seu pai.

Andou por meia hora, até avistar as paredes caídas da velha fábrica de panelas de barro. Haviam tirado as telhas, as portas e as janelas; os caibros apodreceram; o vento derrubara os tijolos, que se desfaziam. Agora o mato crescia entre as ruínas e a construção aos poucos voltava a ser terra.

A única coisa que resistia ao tempo era o grande forno de barro, no centro do terreiro. Parecia uma casa de cupins gigante, com uma pequena abertura na frente, como uma gruta. Quando era pequeno, seu pai o colocou lá em cima e o fez pular em seus braços. O menino custou muito a tomar coragem, mas por fim se jogou, de braços abertos. Depois, disse para os amigos que seu pai o ensinara a voar.

Havia muito tempo não passava por ali e resolveu olhar o forno, onde colocavam as panelas para assar e endurecer o barro. Por dentro era muito largo, oco e escuro, ainda preto de fuligem. Sua mãe não queria que ele passasse por ali e o assustava, dizendo que o lobisomem dormia dentro daquele forno.

O menino jogou uma pedra lá dentro. Ela quicou nas paredes de barro e o vazio produziu um eco triste.

Ouviu um barulho a suas costas e se virou. Viu alguma coisa se mexer perto das ruínas da fábrica. Um bicho peludo saiu dos escombros e sumiu no mato.

Devia ser um gambá ou um gato. Foi ver mais de perto.

Contornou as paredes desabadas e, mais adiante, voltou a ver o mato se mexer. O capim estava alto, mas não resistiu à curiosidade e avançou alguns passos.

O bicho continuava sempre a sua frente. Podia ver seus movimentos pelo mato, afastando-se um pouco quando o menino o perseguia, parando quando ele parava.

Um pouco adiante, abriu-se uma pequena clareira, com uma grama rala queimada de sol sobre pequenos montes de terra revolvida. Ao lado, um galho partido, muito comprido, ainda com algumas folhas, ressecadas.

O menino viu o vulto do animal peludo passar atrás de uma goiabeira. Pareceu maior do que havia imaginado. Talvez um cachorro. Ficou com medo, mas mesmo assim deu um passo à frente.

A terra sob o seu pé cedeu.

Ele esticou os braços, tentando segurar alguma coisa, e arranhou as mãos. Os braços bateram com força no barro duro, um pedaço de pau rasgou seu cotovelo esquerdo e os dois pés desceram. O chão se abriu embaixo dele. Paredes de terra cresceram a sua volta, o corpo girou, sentiu uma forte pancada na nuca, o peito ralou com força no barro, as pernas rasparam em pedras enquanto caía. As mãos agarraram um pedaço de raiz. O corpo parou por alguns segundos, pendurado. Gritou. Ouviu o eco na escuridão. A raiz partiu-se, ele girou e bateu de costas no fundo do buraco, com toda a força.

◈ BURACO

A MOCHILA, CHEIA DE LIVROS e cadernos, amorteceu a queda. Sentia muita dor na nuca e no cotovelo do braço esquerdo. Tinha as duas mãos esfoladas.

Estava escuro. A poeira não assentara; ainda caía terra lá do alto. Seus olhos ardiam e não conseguia respirar direito.

Caíra num poço.

Apavorado, a primeira coisa que fez foi gritar.

Gritou feito um doido. Berrou pela mãe, pelo pai, berrou o nome de amigos e até palavrões. Não adiantou nada. Ele sabia. Ninguém passava por ali.

Gritar e ficar com a cabeça para cima, olhando desesperadamente para a boca do poço, só piorou a dor na nuca e encheu sua garganta de barro. Enfiou os dedos entre os cabelos para ver se havia sangue, mas encontrou apenas um caroço já grande.

Conseguiu se controlar, conversando consigo mesmo, dizendo que era melhor pensar na situação com calma.

Passou a mão no fundo do poço para ver se havia água. Não. Estava só um pouco úmido num dos cantos. Ajeitou a mochila no chão.

O ar foi ficando mais limpo, embora respirar continuasse difícil. Ali embaixo os pulmões tinham de fazer mais força.

O poço era fundo e não havia nenhum pedaço de pau atravessado na borda, nenhum resto de corda, só um tufo de capim ressecado tombando para dentro. Nada que pudesse usar para subir. Apenas as paredes nuas, com um barro duro e liso.

Ali era tão silencioso que ele podia ouvir seu coração, como se batesse do lado de fora do peito. Seu pai ia gostar daquele silêncio. Foi só lembrar do pai que começou a chorar.

O menino sentou no chão, abraçou com força as próprias pernas, apoiou a testa nos joelhos e chorou bastante. Chegou a engasgar, com soluços que faziam todo o seu corpo tremer. Só parou quando sentiu um calor estranho na ponta do tênis. Era um raio de sol.

Enxugou os olhos na manga do casaco e olhou para cima. À medida que o dia avançava, o sol ia entrando no poço. Aquilo era uma coisa boa. O sol passaria justamente sobre o buraco. Ele teria luz e calor. Ia ver bem onde estava. Talvez pudesse pensar em algum jeito de sair dali.

Ficou louco com ele mesmo, parecia um idiota chorão encolhido no fundo de um buraco. Daquele jeito só ia piorar as coisas. A situação era a seguinte: ninguém o procuraria até o final do dia.

A mãe achava que ele estava na escola e só voltaria no final da tarde, como sempre. O pai... bem, o pai não saía da cama, talvez nem lembrasse do filho. Nem se falavam mais, então não dava para contar com ele.

Na escola iam achar que ele matara aula. Como não tinham os dois primeiros horários, muitos alunos iam fazer isso, ainda mais por ser sexta-feira e o pessoal gostar de emendar com o fim de semana.

Só dariam pela falta dele à noite.

Imaginou então o que ia acontecer. A mãe, aflita, procuraria na casa dos vizinhos, dos amigos, da tia, dos colegas da escola e ia saber que não, ninguém tinha visto o menino aquele dia, que ele não fora ao colégio nem aparecera em lugar algum. Aí ficaria mesmo desesperada, iria à polícia, ao hospital, os vizinhos ajudariam, os professores, os amigos.

O menino se sentiu importante, imaginando tanta gente preocupada com ele.

Mas sabia que ninguém ia lembrar de procurar por ele ali, naquele fim de mundo mal-assombrado, tão longe da estrada, dentro de um poço abandonado no meio de um capinzal alto.

O que tinha de fazer era se preparar, porque naquela noite com certeza dormiria no fundo do buraco.

• • •

A primeira coisa que fez foi aproveitar a luz do sol para ver o que havia dentro da mochila. Talvez pudesse usar algo, ter alguma ideia que o tirasse dali ou descobrir um jeito de avisar onde estava, fazer uma espécie de sinal.

Virou a mochila no chão.

Havia o lanche que sua mãe preparara. Era quase sempre a mesma coisa, mas abriu, só para conferir: dois sanduíches de mortadela; cinco biscoitos de água e sal; uma laranja; e uma garrafa pequena de refrigerante, cheia de leite, com uma rolha de sabugo de milho. Teve vontade de chorar de novo, porque lembrou de como sua mãe acordava cedo para preparar aquilo. Mas não era hora de piorar a situação, ficando triste com outras coisas, porque já estava bem encrencado.

Não sabia quanto tempo levariam para encontrá-lo, por isso, se não quisesse morrer de fome, teria de poupar aquele lanche ao máximo. Comeria aos bocadinhos, como uma formiga. Guardou tudo na sombra, no canto mais úmido do buraco, bem embrulhado no papel e no plástico.

Dentro da mochila havia também dois livros grossos e grandões, um de História do Brasil, outro de Ciências. E dois cadernos de cem folhas, presas com espirais de arame.

Como ia ter aula de Desenho, lá estavam a régua de cinquenta centímetros, o esquadro e o compasso. O menino sentia vergonha deles. Não era um material de desenho como o dos outros colegas. A régua e o esquadro não eram de plástico transparente. O compasso não era de aço brilhante, com uma lapiseira fina numa das pontas. Não. Como não havia dinheiro e precisavam poupar cada moeda, ele usava as ferramentas de trabalho do pai, que já não serviam para nada. Por isso, a régua e o esquadro do menino eram enormes, de aço escuro e duro, e tão gastos que quase já não se enxergavam os números. E o compasso media mais de um palmo, com duas hastes de madeira dura e ensebada, um prego numa ponta e um toco de lápis enfiado na outra.

Colocara na mochila o conjunto de lápis de cor, presente da tia no seu aniversário. Aqueles, sim, eram bonitos de mostrar para os outros e ele os poupava o quanto podia, para ver se duravam enquanto estivesse na escola. Trinta e seis lápis, de todas as cores, dentro de uma embalagem de plástico, parecida com um envelope. Sempre que olhava para eles sentia vontade de abrir e cheirar. Nem os usava, muito menos emprestava. Só gostava de cheirar. E foi o que ele fez. Cheirar os lápis era uma coisa boa de fazer, apesar da situação.

Encontrou a caneta esferográfica; a pequena tesoura de pontas arredondadas; e um tubo de cola.

E lá estavam os lápis grandes, os que ele mais detestava, os que o faziam morrer de vergonha. O professor de Desenho pedira lápis com grafite grosso e sua mãe lhe empurrara quatro lápis de carpinteiro, enormes, da grossura de dois dedos, tão grandes e vermelhos que a turma toda reparava e ria dele. Só um tinha ponta. Os outros três nunca tinham sido usados.

Havia mais uma coisa de seu pai ali: os óculos que ele usava para enxergar de perto. A armação era grossa e preta e as lentes pareciam fundos de garrafa, grossas como lentes de aumento. Uma delas estava partida. O pai já não usava aqueles óculos havia muito tempo, nem mesmo para ler livros, como fazia aos domingos, na cadeira da varanda. O pai nem trabalhava nem lia mais, só ficava na cama. Mas a mãe cismara de trocar a lente quebrada, para ver se animava o marido, e por isso pedira para o menino levar os óculos para a escola... talvez a professora de Matemática desse um jeito neles, de graça, porque o irmão dela trabalhava na única óptica que havia na vila.

Os óculos já estavam na mochila havia quase um mês, mas o menino não tinha coragem de pedir aquele favor à professora.

Nos bolsos da parte de fora da mochila achou o pequeno canivete que usava para descascar a laranja; duas moedas; três tampinhas de refrigerante; dois elásticos; uma caixa de chiclete vazia; três coquinhos secos; seis pregos; uma flor já murcha que ele não teve coragem de dar a uma menina; uma carcaça velha de relógio; duas cartas de baralho; e uma foto bastante dobrada de uma artista de televisão, de biquíni, que ele achava muito, muito bonita.

O menino ficou olhando todos aqueles objetos espalhados no fundo do poço. O sol batia bem em cima deles, cada vez mais forte. Olhou, olhou e não lhe ocorreu ideia alguma. Era um bando de coisas inúteis. Custava ter uma corda comprida e um daqueles ganchos de açougue para jogar para fora do buraco, fincar no chão e escalar? Ou então custava ter uns dez morteiros e uma caixa de fósforos para avisar ao resto do mundo que ele estava ali, dentro do poço da fábrica de panelas? Ou melhor, custava ter um telefone celular, daqueles que anunciavam na televisão e que muitos meninos da escola tinham, para ele ligar para a mãe vir tirá-lo do buraco e pronto?

Mas a família do menino não tinha telefone nenhum. Nem liquidificador, nem geladeira. Na verdade eles já não tinham nem televisão.

O menino continuou olhando para as suas coisas ali espalhadas, distraído, lembrando como era bom quando havia televisão em casa, porque ela às vezes fazia sua mãe rir.

E como, por mais que olhasse e mexesse nas coisas, continuasse sem ter ideias, acabou esticando a foto da atriz que ele achava muito bonita e a prendeu com um prego na parede do poço.

Sabia que aquilo não ia ajudá-lo a sair do buraco, mas se sentiu menos só.

Sol

O MENINO ACHOU QUE, se colocasse tudo de volta dentro da mochila, aí é que não ia ter ideia nenhuma mesmo, por isso tratou de arrumar as coisas, deixando tudo à vista.

Fez uma pilha com os livros e os cadernos; espetou três pregos na parede e pendurou o esquadro, a régua e a tesoura; o resto, organizou em montinhos. A única coisa que voltou para a mochila foram os lápis de cor, para não estragarem, com a embalagem bem fechada, para não perderem o cheiro.

Depois disso, cuidou de seus ferimentos.

Fora o galo na nuca, tinha os dois joelhos e o peito ralados e um corte no cotovelo esquerdo, sangrando.

Tirou a camiseta do uniforme da escola, rasgada na altura do peito, e ficou só com o casaco de malha azul. Com a tesoura, cortou uma tira comprida da camiseta e fez uma atadura para o cotovelo, limpando antes o ferimento com um pouco de leite.

Como a parte ralada era muito grande e ele não queria gastar o leite, cuspiu nela e passou um pedaço da camiseta para limpar.

O sol agora estava bem no alto, iluminando todo o fundo do poço, e o menino aproveitou para se esquentar. Ali era muito úmido e frio e ele sabia que teria problemas. Nas noites de inverno às vezes chegava a gear, os pastos amanheciam cobertos por uma fina camada de orvalho quase congelado, por isso quis aproveitar ao máximo aquele calor, para lembrar dele durante o frio.

Quando o sol ficou a pino e o menino reparou que estava sem sombra, lembrou de um dia de verão, na beira do rio, em que seu pai fez para ele um relógio de sol com um pedaço de pau e riscos na areia.

Pegou um lápis de carpinteiro de seu pai, o que tinha ponta, e o espetou bem no centro do fundo do poço, batendo nele com uma pedra dura e escura que desenterrou do canto úmido onde havia guardado o lanche.

O lápis ficou ali, sem sombra, marcando meio-dia. O menino traçou então, com a ponta de

prego do esquadro, circunferências concêntricas no barro, a partir do lápis, com um intervalo entre elas de uns dez centímetros, que mediu com a régua. Ele não podia ter certeza, mas fingiu que as marcas indicavam as horas de seu relógio de sol.

Foi uma coisa bem idiota de fazer. O sol passava muito rápido ali dentro, logo as paredes do poço estenderam suas sombras sobre o relógio e ele se tornou inútil.

Aproveitou a claridade para vasculhar todo o fundo do poço.

Mediu seu diâmetro: dois passos largos. Quis ser mais preciso e conferiu com a régua: um metro e meio. Lembrou que essa também era a sua altura, deitou-se ao comprido e descobriu que ia poder se esticar para dormir.

Teve vontade de saber qual a profundidade do poço. Encostou-se à parede e, com a ponta de prego do compasso, marcou sua altura nela, um metro e meio. Depois se afastou um pouco e calculou que, até a borda, dariam mais umas três vezes aquela marca. Então o poço teria mais ou menos uns seis metros de profundidade.

Encontrou mais uma pedra, dura e escura. Agora eram duas e serviam como martelo. Pregou melhor os pregos na parede.

O chão estava cheio de pedrinhas pequenas. Usando um dos cadernos como vassoura, varreu tudo para os cantos, deixando o piso bem limpo para quando quisesse se deitar. A mochila serviria de travesseiro. Se a mãe visse como estava deixando tudo arrumado, ia ficar orgulhosa do filho.

O pai construíra uma marcenaria nos fundos de sua casa. Lá ele escrevia frases em pedaços de papel e as pregava na parede. Uma delas era:

"Quem só precisa do necessário tem sempre o suficiente".

O menino arrancou uma folha do caderno, escreveu isso em letras bem grandes, com a esferográfica azul, e depois espetou na parede com um prego.

Aquilo também não ajudava em nada a sair do buraco, mas, como seu pai disse uma vez:

— Existem frases que servem mais do que ferramentas.

Com tantas coisas penduradas na parede, o lugar estava parecendo a marcenaria do pai. Só faltavam uma porta e uma janela. Mas, se houvesse uma porta, era só abrir e sair por ela, e aquele era o tipo de pensamento idiota que não valia a pena.

Examinou bem as paredes.

O barro estava úmido, mas duro. Não havia perigo de desabar.

Na altura de seu ombro, descobriu um pedaço de raiz, só a casca saindo da terra. Escavou um pouco com a ponta do canivete e viu que era bem comprida, curva e com uns três dedos de largura. Como não sabia o que fazer com ela, deixou-a assim mesmo, enterrada na parede.

Se houvesse outros pedaços de raiz como aquele até lá no alto, formando uma escada, era só subir e pronto. Mas não havia. Só aquele outro, bem mais acima, em que esfolara as mãos. As paredes eram lisas como casca de melancia.

Assim que fez essa comparação, seu estômago roncou forte e ele chegou a ver e sentir o gosto de uma melancia deliciosa, vermelha, bem doce e gelada.

Toda aquela atividade inútil havia deixado o menino morto de fome e sede.

● Orelhas peludas

Sobre a capa plastificada do livro de Ciências, colocou meio sanduíche de mortadela, dois biscoitos e a garrafa de leite. Fez questão de arrumar tudo muito bem, antes de comer. Seu pai dizia que, quanto pior a fase pela qual a pessoa estivesse passando, mais deveria caprichar na aparência.

O menino recordava do velho se vestindo cada vez melhor quanto menos clientes tinha. Até desistir. Agora, na cama e triste, vivia desgrenhado, sujo, cabeludo, sem tomar banho. E ninguém lembrava mais do grande marceneiro que ele era.

Comeu bem devagar, mastigando bastante e bebendo pequenos goles de leite.

Quando terminou, não podia dizer que tinha enchido a barriga, mas pelo menos ela não doía mais. Na verdade, já se acostumara a comer pouco. Os tempos estavam difíceis em sua casa e muitas vezes havia só angu e feijão. Por isso ele era magro daquele jeito. Não pesava nem quarenta quilos.

Um pedaço de sanduíche de mortadela com biscoitos e leite era o que ele almoçava mesmo, quase todos os dias, escondido atrás do bananal nos fundos da escola. Comia escondido porque sentia vergonha do lanche que sua mãe preparava.

Depois de comer, ele se deitou no fundo do poço, de barriga para cima, ao lado do lápis espetado no chão, seu relógio de sol. Cruzou os braços atrás da cabeça e ficou olhando o céu, que era uma bola azul lá no alto.

Com um pedaço de céu tão pequeno, ele não podia saber se vinha chuva. A qualquer momento podia chegar uma nuvem negra trazendo um temporal, um temporal tão forte que encheria o poço com ele dentro, tanta água rolando pelos pastos e montanhas que encharcaria o barro, fazendo as paredes do poço desabar, soterrando-o ali para sempre.

Por outro lado, imaginando coisas boas, naquele pedaço redondo de céu poderia surgir de repente a cabeça de alguém perguntando:

— Ei, cara, o que é que você tá fazendo aí?

O menino podia imaginar qualquer coisa, mas isso também não o estava ajudando a sair do buraco, porque o fato era que ele ficara ali muito tempo e não acontecera absolutamente nada. Nem uma nuvem, nem um pássaro, nem um mosquito atravessara aquela bola azul.

Se não fosse a tal lei da gravidade, ele pensou, aquela que o livro de Ciências explicava, quando a Terra desse a volta e as coisas ficassem de cabeça para baixo, ele "cairia" do buraco de volta ao terreiro da fábrica de panelas e pronto. Mas era melhor não contar com isso.

Apesar de todo o medo e preocupação, o menino acabou cochilando. Quando acordou, já estava bem escuro. Ficou de pé num pulo só, muito assustado, e começou a gritar de novo.

Era preciso gritar, de tempos em tempos. Podia passar alguém. Gritar dentro do poço amplificava o som. Poderiam ouvi-lo a uma boa distância. Talvez algum agricultor passasse por ali no final do dia, voltando da plantação ou da vila.

O menino gritou muito, até ficar cansado, e, como gritar só aumentava seu desespero, sentou e chorou.

Sentiu-se desesperado mesmo, porque ainda faltava muito para acabar o dia e ali dentro do poço já não se via quase nada. A noite seria muito mais longa do que normalmente e ele teve tanto medo que começou a tremer. Cravou os dedos na parede de barro tentando subir assim, como um gato num tronco de árvore, mas só conseguiu enfiar poeira nos olhos.

A aflição lhe deu sede e teve de beber mais leite. Decidiu comer a outra metade do sanduíche e mais um biscoito, porque não adiantava ficar se enganando: estava morrendo de fome de novo.

Tentou acalmar-se e tomar algumas providências para quando a noite chegasse.

O menino não queria pensar muito no assunto, mas era preciso se prevenir. E se fosse atacado por um bicho? Será que aquele poço tinha dono? Algum morcego gigante ou uma cobra? E se um gato-do-mato ou um jacaré caísse ali dentro? E se aquele buraco fosse a entrada de um formigueiro, com formigas assassinas como as daquele filme?

Entre as suas coisas, separou em um canto as que podiam servir de arma. Além do canivete aberto, deixou ao alcance da mão o esquadro de aço, o compasso de ponta de prego e as duas pedras.

• • •

O menino ficou muito tempo num canto, com as costas apoiadas na parede, abraçado aos joelhos.

Tinha sede, fome, muito medo e saudade de casa.

A fraca luz da lua estava deixando um brilho de prata em todas as coisas, mas ele mantinha os olhos fechados para fingir que a escuridão era uma opção sua, que ali era tão seguro quanto seu quarto à noite, que estava tão protegido quanto debaixo de seu cobertor. Nenhum bicho moraria dentro de um poço de seis metros de profundidade.

Os olhos do menino até podiam fechar, mas os ouvidos escutavam cada ruído. O mínimo e inocente vento sacudindo o capim lá do alto fazia seu coração pular dentro do peito, como se ouvisse o rugido de um leão faminto.

Em seus piores pesadelos, não imaginava que a noite dentro de um buraco fundo na terra fosse tão tenebrosa. Além do medo que paralisava seu corpo, sentia frio, muito frio.

As noites estreladas como aquela, no inverno, com o céu limpo, eram as mais frias do ano.

O casaco de malha azul era fino demais e a bermuda deixava suas pernas de fora. As pontas dos dedos das mãos doíam muito, o nariz congelava, o queixo batia sem controle. Estava tão encolhido que mais um pouco caberia dentro da mochila.

Esfregou as mãos com força. Flexionou as pernas várias vezes. Aprendera na escola que o frio podia até congelar o sangue nas veias e matar a pessoa. Friccionou as pernas com as mãos. Depois ficou de pé, pulando.

Nada disso adiantou. À medida que a noite avançava, o frio aumentava e o menino sabia que precisava fazer alguma coisa ou ia morrer.

Não tinha fósforos, isqueiro, nada com que pudesse fazer fogo. Nenhum pano para se cobrir. Protegeu as pernas com os livros e os cadernos abertos. Isso não resolveu, mas teve uma ideia.

Começou tirando as espirais de arame dos dois cadernos, deixando todas as duzentas folhas soltas.

Colou cinco folhas pela beirada da direita, uma ao lado da outra, formando uma tira de um metro. Fez seis tiras dessas. Depois colou umas nas outras, pelas bordas de baixo, e conseguiu uma grande folha de papel de mais ou menos um metro por um metro e oitenta.

Com as folhas dos dois cadernos fez seis dessas folhas gigantes. Arrancou as duas capas plastificadas dos livros e forrou o chão. Deitou-se sobre elas e cobriu-se com as folhas gigantes.

Funcionou melhor do que esperava. O papel era um bom isolante, servia como um cobertor. Fez da mochila travesseiro e sentiu seu corpo esquentar, enquanto olhava para o céu, que agora era uma bola preta cheia de pontos brilhantes.

Era estranho saber que de dia as estrelas continuavam ali, mas ele não podia vê-las. Talvez muitas coisas estivessem no mundo, todo o tempo, como as estrelas, sem que ele pudesse ver. Então ele nunca poderia dizer com certeza o que era o mundo. Nem ele, nem ninguém.

Lentamente foi pegando no sono.

Um sono muito leve, assustado, cortado por um grito de coruja ou um estrilo de grilo.

Já era noite alta, e o menino dormia, quando sentiu pequenas pedrinhas de barro e folhas de capim caindo em seu rosto. Olhou para cima.

Havia algo lá, na borda do buraco.

A silhueta negra de uma cara de animal, olhando para baixo, para dentro do poço. Uma cabeça peluda, de pelos muito eriçados, com grandes orelhas em ponta. Só se viam a cabeça e o começo do corpo. Pareciam ombros largos e também peludos.

O animal estava silencioso.

O menino só o ouvia resfolegar, cheirando o ar como um cachorro.

Mas não era um cachorro. Cachorros não têm ombros. O menino sabia que não era um cachorro. E de sua garganta saiu um grito de pavor. A cabeça do animal sumiu e o menino se encolheu todo embaixo das folhas de papel, tremendo de medo.

Poço dentro de poço

Não conseguiu mais dormir, olhando para cima, imaginando o bicho rondando o buraco, cheirando, esperando o momento para atacar.

Apertava o canivete aberto com a mão direita, e com a esquerda segurava o compasso com a ponta de prego.

Não era um cachorro. Ele tinha certeza. Não era nenhum bicho que ele já tivesse visto. Não com aquelas orelhas. E com ombros peludos.

Só podia ser um lobisomem.

Lembrou que, assim que jogou a pedra dentro do forno de panelas, alguma coisa tinha se mexido atrás das ruínas da antiga fábrica. O lobisomem morava no forno, como sua mãe tinha dito! Ninguém gosta que joguem pedras em sua casa. E ele ainda fora atrás do bicho. O lobisomem então o atraíra bem na direção do poço! Era uma armadilha e ele estava preso nela. Bem preso.

Com pensamentos assim, o menino não podia mesmo pegar no sono.

Passou o resto da noite encolhido, chorando, pensando no pai e na mãe.

Quando ouviu o primeiro canto de pássaro e compreendeu que o sol ia nascer, ficou numa alegria como nunca sentira. Tinha certeza de que lobisomens não podiam fazer mal algum durante o dia, certeza absoluta. Um pequeno passarinho cantando podia vencer um bando de lobisomens. Podia, sim.

Outros passarinhos começaram a assobiar, afastando de vez todos os monstros do mundo.

Os galos cantavam também, avisando uns aos outros que o sol ia nascer. O menino já olhava para o alto sem medo. Sabia que não apareceria uma cabeça de lobisomem ali. Imaginava a Terra girando, o sol sempre nascendo atrás de montanhas ou no horizonte do mar e os galos de todo o planeta cantando cada vez, botando os lobisomens para correr, avisando sempre, sem parar, que lá vinha o sol.

Quando a luz do dia afinal clareou novamente o fundo do poço, o menino já estava tão feliz que se imaginava em seu quarto, com seu cobertor, seu travesseiro, e o buraco lá em cima era a janela por onde avistava as montanhas. Podia ver de novo as paredes, os objetos pendurados, a foto da atriz de biquíni. Deu bom-dia a ela.

Ainda estava bem frio e ele ficou deitado.

Era sábado. Não havia mesmo aula.

Apesar do desespero da situação, sentiu-se confortável ali dentro. Um lugar isolado, silencioso, ninguém reparava nele.

Em muitas ocasiões, nos últimos tempos, desejara estar num lugar assim. Sofria, dentro de casa, ao ver seu pai naquele estado e sentia a tristeza da mãe.

Sofria também na escola. Tinha vergonha de sua miséria. Era o único colégio que havia na vila, com alunos de todos os tipos, ricos e pobres, e o menino se achava o mais pobre de todos.

Não avisava quando havia reuniões de pais porque tinha vergonha dos seus, dos vestidos remendados da mãe, de seus cabelos desgrenhados, de suas olheiras. Tinha vergonha de dizer que seu pai não podia comparecer porque não saía do quarto.

Tudo que ele possuía o envergonhava: o par de tênis velho; a mochila toda costurada, com o fecho arrebentado; os livros de segunda mão, com os exercícios já resolvidos por outros; o material de desenho aproveitado da mala de ferramentas de seu pai. Cada objeto tirado daquela mochila era um motivo para deixá-lo triste.

Menos o conjunto de lápis de cor.

Lanchava escondido com vergonha do sanduíche de mortadela, do biscoito barato comprado a quilo e da garrafa de leite com rolha de sabugo de milho. Não tinha nem uma porcaria de uma garrafa térmica. Nem um tênis importado. Nem um casaco decente.

Não vestia uma roupa nova havia muito tempo. Tinha só aquele casaco azul desbotado. O casaco estava tão acostumado a ir à rua com o menino que um dia bastaria assobiar e viria correndo para ser vestido.

O menino inventava uma porção de desculpas para não sair com os colegas. Nunca ia às festas de aniversário. Nem à praça ele ia. Não queria que ninguém soubesse que não tinha sapatos, nem dinheiro para comer um pedaço de pizza, nem outra camiseta inteira, sem remendos, que não fosse a do uniforme.

Seu único divertimento era jogar bola, mas sempre descalço, porque, se arrebentasse aquele par de tênis, aí, sim, a desgraça ia ser total.

Por isso um buraco assim, protegido das vistas dos outros, com o sol já afastando o frio e os

perigos da noite, não lhe parecia o pior lugar do mundo.

Ainda encolhido sob as cobertas de folhas de caderno, o menino pensou sobre a sua situação.

Àquela altura a mãe já devia estar bem desesperada. Alertara a polícia, fora a hospitais, muita gente estaria procurando por ele, por isso era bom ficar atento aos ruídos do lado de fora do buraco, para poder gritar se ouvisse algo. Melhor ainda, devia continuar gritando de tempos em tempos. Alguém podia passar pela antiga fábrica de panelas e de lá o ouviria, se ele gritasse bem alto.

Começou a ter esperança, quase certeza, de que o encontrariam. Era um lugar como qualquer outro e alguém ia pensar na velha fábrica de panelas. Ia, sim.

Foi então que o menino lembrou de algo que o deixou muito preocupado.

Justo uma semana antes ele brigara com a mãe. Ela o mandou varrer o terreiro e queimar o lixo e ele gritou que estava cheio, que nenhum colega dele tinha de ficar varrendo terreiro, que queria que aquilo tudo se danasse e que já não aguentava mais.

Chegou a chutar uma lata e a bater portas.

— Eu vou fugir de casa! — gritou ele. — Vou pra bem longe! Vocês vão ver! Vou lá pras montanhas! Vou morar numa caverna!

A única reação de sua mãe foi sair para varrer o terreiro. O menino ficou no quarto, chorando de remorso e raiva, sem pedir desculpas, sem querer dar o braço a torcer, sem saber direito por que tinha feito aquilo.

Não tocaram mais no assunto. A mãe não queria brigar com o filho. Ela não queria que acontecesse mais nada de ruim naquela casa.

Ele passou uns dias sentindo-se muito culpado, mas acabou esquecendo. Agora, dentro do poço, ficou apavorado por ter dito que ia morar numa caverna. As montanhas ficavam muito longe dali. Torceu para que sua mãe não tivesse acreditado nele.

• • •

De café da manhã o menino comeu dois biscoitos e bebeu o resto do leite, que estava quase azedando. Deixou a laranja para mais tarde. Dali para frente ela seria a única solução para a sede.

Havia um problema imediato a resolver. Vinha urinando num canto desde o dia anterior e o cheiro estava ficando muito desagradável.

Não sabia quanto tempo ficaria ali, não podia emporcalhar tudo, por isso fez um buraco bem fundo num canto, cavando com a régua e o esquadro de aço. Dali em diante passou a fazer xixi lá dentro, cobrindo depois com um pouco de terra. Por sorte, ou graças ao nervosismo, não tinha vontade de fazer nada mais complicado, que precisasse enterrar mais fundo.

Fazer o buraco na terra lhe deu uma ideia. O leite azedo e o biscoito seco só haviam piorado sua sede e o menino pensou que seria uma coisa bem idiota morrer de sede no fundo de um poço, por isso começou a cavar na parte mais úmida.

Cavou toda a manhã. Cavoucava a terra com a ponta do esquadro, depois a jogava para fora com a régua.

A terra foi ficando cada vez mais úmida, o que lhe deu esperanças e energia para continuar cavando. Mas nada de água.

O sol entrou no poço novamente, fazendo funcionar seu relógio. Quando o lápis ficou sem sombra, marcando meio-dia, o menino já cavara um buraco de quarenta centímetros de largura por sessenta de profundidade. Ele gostava de medir as coisas. Seu pai não fazia nada em marcenaria sem medir bem. Possuía ferramentas para conferir até os milímetros.

Finalmente, da ponta da régua pingou uma gota. Colocou a mão no fundo do buraco e sentiu. Água. Cavou mais vinte centímetros e esperou. A lama acomodou-se no fundo, formando uma poça de uns cinco centímetros de água clara e gelada.

Tirou a carga da esferográfica, fez com ela um canudo, colocou a cabeça dentro do buraco e sugou a água, bastante, até matar a sede de verdade.

Enchendo as bochechas e vertendo água através do canudo, como uma torneira, lavou o rosto, as mãos e as partes raladas do corpo.

Comeu, então, a metade do segundo sanduíche de mortadela, bebeu mais água e deitou sobre as capas plastificadas.

Durante todo esse tempo lembrou-se de gritar, a intervalos regulares. Gritava por gritar, porque durante todo o dia não ouviu nada, a não ser passarinhos, cri-cris de grilos e duas cigarras cantando.

Cochilou. Passara a noite em claro e estava cansado.

Acordou e continuou deitado, olhando para cima. Não havia o que fazer, só gritar de tempos em tempos, como um cuco desesperado.

Abriu o livro de História para se distrair. Era uma coisa estranha abrir um livro de História sem ser para estudar, sem ter prova marcada, mas começou a ler e achou interessante. Ficou lendo, como se fosse uma história normal, sem letra maiúscula, e descobriu que era bom quando se fazia aquilo sem o compromisso de decorar para provar que tinha lido.

O menino ficou lá no fundo do poço, lendo, gritando de vez em quando, até se dar conta de que o dia chegava ao fim.

Aí apavorou-se de novo. Não queria passar mais uma noite ali dentro. De jeito nenhum. Os passarinhos, os galos e o sol o abandonariam. O lobisomem voltaria, com todos os monstros noturnos.

Carneirinhos brancos

A noite chegou antes de a lua nascer e foi como se tampassem o buraco, porque dentro do poço tudo ficou absolutamente escuro. Uma nuvem o impedia até de ver as estrelas.

O menino encolheu-se em um canto, sob o cobertor de folhas de caderno.

Sem poder enxergar, sua atenção ficou presa aos menores ruídos. Uma coruja sobrevoou por um bom tempo a boca do buraco, chirriando alto, como se alguma coisa a estivesse assustando.

Às vezes algo rastejava lá em cima. O vento no mato provocava muitos barulhos, às vezes assustadores. O galho comprido, com folhas secas, junto à borda do poço, estalava.

Ele estava com muita fome e sede, mas tinha medo de se mexer e chamar a atenção. Ninguém o procuraria por ali durante a noite. Ninguém andava por aquele maldito lugar. Seria inútil gritar, a não ser que ouvisse vozes ou visse a luz de uma lanterna.

Não podia fazer nada, só esperar.

Quando a lua afinal iluminou um pouco o buraco, o menino tomou coragem, bebeu água e comeu o último pedaço do sanduíche de mortadela. Mastigou bem devagar. Tantas vezes que chegou a ficar com nojo.

Não havia mais biscoitos. Só restava a laranja. Precisava sair dali o mais rápido possível ou morreria de fome. E já estava bem fraco, com um sanduíche por dia.

Decidiu que o melhor era se deitar e tentar dormir, para que a noite passasse logo e a fome não o torturasse tanto. Esticou o corpo, cobriu-se, apoiou a cabeça na mochila e fechou os olhos.

Mas não conseguia parar de pensar e o menor ruído o fazia olhar para cima e tremer de medo. O vento, balançando o tufo de capim caído na borda do buraco, sempre o assustava. Esperava a qualquer momento aparecer ali a cabeça do lobisomem.

O que o monstro queria com ele? O que faria? Talvez tivesse garras tão compridas e fortes que fosse capaz de descer até o fundo do poço, estraçalhá-lo e depois subir pelas paredes cravando as unhas cheias de sangue nas paredes de barro. As mesmas garras afiadas que rasgavam o pescoço dos bois e dos cavalos para beber o sangue ainda quente.

Mas e se tivesse sido um sonho? Ele podia muito bem ter dormido e sonhado com aquela cabeça de lobisomem. Foi no meio da noite, estava deitado, muito cansado, e era mais fácil lobisomens aparecerem em pesadelos do que na vida real. Mesmo que tivesse aparecido de verdade, com barulho de respiração e tudo o mais... e daí, ele já tivera sonhos iguaizinhos à realidade!

Ele não precisava acreditar no que os outros diziam. Onças também matam bois e cavalos. Havia matas fechadas do outro lado das montanhas. E mesmo as montanhas, com tantas cavernas escuras... uma onça podia muito bem morar dentro de uma delas e descer à noite.

Tentar se convencer de que o lobisomem não existia o deixou um pouco mais calmo. Mas o medo continuou. Não podia evitar ter medo estando bem no fundo de um poço, no meio da noite, perto de uma fábrica de panelas abandonada.

Fez um grande esforço para pensar em outra coisa. Começou a contar carneirinhos. Era um truque mais velho que andar para frente, mas talvez funcionasse. Fechou os olhos e imaginou um pasto de capim bem verde, brilhando num dia de sol. No meio do pasto colocou uma cerca nova, de madeira envernizada. Enfileirou centenas de carneirinhos brancos de um lado e os pôs para pular a cerca enquanto os contava.

Lá pelo sexagésimo carneiro perdeu a conta, porque se distraiu reparando que a cerca que imaginou era igual a uma cerca que ajudou seu pai a fazer, na frente de um sítio muito bonito. Ele era bem pequeno, mas lembrava.

Tinham chegado lá de bicicleta, o menino na garupa, bem agarrado às costas do pai, ouvindo o coração dele bater. Sentia-se seguro, sem medo de nada. Podia ir a qualquer lugar assim. Agarrado ao pai, nada lhe meteria medo, nem um fundo de poço cercado de lobisomens.

O menino queria nunca ter descido daquela bicicleta.

Sempre em silêncio, o pai foi montando a cerca, serrando e encaixando os caibros, cravando os pregos com três ou quatro marteladas precisas. Não errava um movimento. Tinha braços fortes, peludos e usava um chapéu preto de abas largas. O menino ajudava entregando o formão, segurando a ponta da madeira para seu pai serrar, indo pegar água na bica.

Recordava esse dia como um dos mais felizes de toda a sua vida. Depois da cerca pronta, o pai o colocou sobre os ombros e foram almoçar juntos. Não conversavam, o pai era muito calado, mas o menino sabia que ele estava feliz também. Lembrava de como os olhos dele brilhavam enquanto comia e do orgulho que demonstrou quando disse ao garçom que aquele era seu filho.

O menino começou a chorar ali no fundo do buraco, não de medo, mas de saudade do pai.

Não chorava de saudade só daquele antigo pai, que passava a mão sobre a sua cabeça todas as vezes que chegava do trabalho; daquele pai que ficava os finais de semana trancado na marcenaria atrás da casa, construindo um gaveteiro ou montando os degraus de uma escada; daquele pai forte e respeitado, que andava de mãos dadas com ele pelas ruas da vila. Não chorava de saudade só daquele pai que pouco falava, mas que pregava frases na parede.

Chorava de saudade também de seu pai de agora, lá naquela cama, sujo, olhando para o teto. O antigo pai e esse de agora eram o mesmo homem e o menino precisava dele ali, para abraçá-lo forte e deixar de ter medo.

No meio do choro, pensou nos motivos da mudança de seu pai.

Muitas coisas podiam ter acontecido. Motivos complicados demais para um menino entender. Motivos que existiam, mas que ele não conseguia ver. Como as estrelas, de dia.

Talvez as lojas de móveis já prontos que chegavam à vila, tirando o serviço de seu pai. Talvez o desmatamento, tornando as boas madeiras de lei cada vez mais raras. Talvez as máquinas modernas, substituindo as pessoas, transformando o trabalho manual em coisa do passado. Máquinas que faziam cercas de cimento, por exemplo, cercas mais práticas e duráveis, mas que os carneirinhos dos sonhos não podiam pular.

Máquinas como as daquela fábrica de mourões e lajes que haviam instalado na vila, que trabalhavam fazendo muito barulho.

— Muito barulho. Muito barulho.

Lembrou-se de seu pai resmungando naquela noite cheia de vaga-lumes.

Mas e se ele também fosse o culpado? Talvez tivesse sido um mau filho.

Recordou as coisas que fizera de errado e descobriu que eram muitas e que o remorso agora as fazia parecer ainda mais graves. Talvez tivesse exigido ter coisas que seu pai não podia comprar. De alguma forma podia ter sido a causa da tristeza do velho, em algum momento o desapontara. Não lembrava, mas devia ter dito ou feito algo terrível, do qual o pai não se recuperara mais, a ponto de desistir.

E depois, em vez de ajudar, fazer alguma coisa, trabalhar, sabe-se lá em quê, não, ele ainda piorou as coisas tendo vergonha deles, da miséria, vergonha de ser pobre.

Sentiu uma grande dor no peito. O choro saía baixo, sufocado. Sentiu também uma poeira no rosto. Olhou para cima.

Lá estava! A cabeça peluda debruçada na borda do poço, as orelhas em ponta.

Viu novamente uma parte dos ombros, também peludos, prateados pela luz da lua.

Seu corpo tremeu de terror. Ouvia a respiração ofegante do bicho. Ouvia sua boca abrir e fechar e o ruído pastoso da baba de saliva. Ouvia as patas esgarçando o barro da borda, desprendendo poeira e gravetos. Ouvia o ar sendo sugado por um focinho que procurava cheirá-lo.

O menino apertou o canivete aberto na mão direita. Se o bicho pulasse ali dentro, ele ia se defender, morreria lutando. Ficou de pé num pulo e soltou um berro tremendo. O bicho sumiu.

A silhueta medonha se afastou da borda do

buraco, mas o menino ouviu o monstro rondando em volta, o barulho de quatro patas amassando o capim, remexendo as folhas secas do galho partido. Às vezes ouvia como se garras rasgassem a terra, com raiva. E uivos abafados. E garras coçando couro áspero.

Tornou a sentar, de olhos bem abertos voltados para a borda do buraco, alerta. De repente alguma coisa caiu lá de cima, um corpo pequeno, com patas que se agitavam no ar.

A coisa bateu bem em seu rosto.

Deu um salto, sentindo uma gosma gelada na testa. O bicho pulou e se escondeu no canto mais escuro. O menino recuou, apavorado, com as costas grudadas na parede. Não podia ver direito. Precisava fazer alguma coisa. Parecia ser uma aranha gigante.

O bicho saltou novamente, entrando embaixo das folhas largas de papel. O menino pegou a régua de aço e bateu com força, com raiva, várias vezes. Bateu com o papel por cima, sem ver o que era, bateu até ter certeza de que o matara.

Levantou o que sobrou do papel e descobriu uma rã morta. Uma rã bem gorda.

Barriga cheia

Quando os pássaros finalmente voltaram a cantar e a sair dos ninhos, o menino nem conseguiu ficar contente. Passara toda a noite acordado, tremendo de frio, embrulhado nos pedaços de papel pautado que sobraram de seu cobertor, depois da batalha com a rã.

Não tivera coragem nem para se deitar, com medo de ver novamente aquela cabeça de pelos eriçados, aquelas orelhas de triângulos peludos à luz fria da lua, com o focinho farejando o ar do poço. Medo de que caíssem mais bichos nojentos sobre sua cabeça. Achou que o lobisomem havia jogado a rã e que jogaria em seguida uma cobra ou uma pedra bem grande para esmigalhá-lo, e ele não podia dormir, precisava estar pronto, bem desperto, para se defender.

Quando o dia clareou, viu que seu cotovelo voltara a sangrar. Batera com ele na parede, durante a luta. Lavou a ferida com água e apertou mais a atadura de camiseta.

Trazia as roupas e o corpo sujos de barro. Sentia muitas dores nas pernas por ter passado a noite com os joelhos dobrados. Mas o pior de tudo era a fome.

Já não podia enganar o estômago com pedaços de sanduíche de mortadela. Sentia-se muito fraco e sua cabeça doía.

Talvez fosse melhor entregar os pontos, pensou. Estava num buraco mesmo, dentro da terra. Era um bom lugar para morrer. Ninguém o encontraria. Na certa o lobisomem não atacava esperando justamente por isso, que ele morresse. Monstros da noite gostam de se alimentar de cadáveres. Por isso ficava cheirando lá de cima, para saber se já estava no ponto.

Bastaria ele morrer e o lobisomem desceria e comeria seu corpo. Não sobraria nada. Sua mãe não teria despesas com o enterro. Ninguém lembraria mais dele e pronto. Menos uma boca para alimentar. Menos uma preocupação para a família. Ninguém gostava dele. Quem sabe seu pai até melhorava e saía para trabalhar?

Era só se deitar ali, fechar os olhos e ficar quietinho até morrer. Morrer devia ser fácil. Bastava não fazer nada.

Deitou-se para morrer.

Mas era mais difícil do que pensava. Mesmo sem querer, continuava respirando. E, quando as costas doíam, ele se ajeitava, para ficar mais confortável. E, quando, por acaso, olhou para o retrato da atriz de biquíni, pensou em tudo menos na morte.

Sentiu-se estúpido respirando, pensando em mulher e procurando posições mais confortáveis depois de ter decidido morrer. Pior foi quando se lembrou da laranja.

Sentou-se, pegou o canivete, descascou-a, chupou o caldo e comeu toda a polpa, com sementes e tudo. Só deixou a casca.

Talvez de barriga cheia fosse mais fácil morrer. De qualquer modo, seria um desperdício ir para o outro mundo sem chupar aquela laranja.

Deitou-se novamente e concentrou-se em morrer, com os olhos bem fechados. Acabou dormindo.

Acordou com o sol esquentando seu corpo. Concluiu que era muito distraído e que até para morrer era preciso se concentrar.

E acordou desesperado de fome.

Não havia mais nada. Nem uma migalha de nada. Tentou mastigar a casca da laranja, mas teve de cuspir e lavar a boca várias vezes.

Lembrou-se da rã.

Sua mãe já havia fritado rãs para o almoço uma vez, não por gosto, por necessidade, mas o menino teve nojo e não comeu. Parecia uma pessoa pequenininha, de braços e pernas abertos na frigideira, e era um tipo de carne tão nervosa que ainda se mexia no prato, mesmo depois de bem frita.

Desembrulhou a rã, que havia enrolado em papel e jogado num canto. Quase vomitou quando imaginou que teria de comê-la crua. Não. Crua, impossível. Era mais fácil morrer.

Embrulhou de novo a rã. Não tinha como fazer fogo. Mas não deixou de pensar no assunto. Acabaria comendo assim mesmo se a fome o deixasse meio louco. Talvez conseguisse se imaginasse que a rã era outra coisa. Por exemplo, podia fingir que telefonava para um restaurante e eles mandavam uma pizza ali naquele endereço, o velho poço da fábrica de panelas, uma pizza de rã, daí ele fechava os olhos e comia.

Quase vomitou de novo. Não. Crua, não.

Viu os óculos de seu pai e teve uma ideia.

Primeiro, esticou bem os dois arames que haviam sobrado das espirais de seus cadernos. Cortou-os, batendo com a lâmina do canivete e uma das pedras, em pedaços de dez centímetros e com eles teceu uma pequena peneira, que serviria de grelha.

Em seguida, rasgou as beiradas do fundo de sua mochila. Havia ali uma armação de arame grosso. Ele a retirou e fez uma circunferência com um cabo. Esticou e prendeu a grelha de arame sobre ela. O objeto ficou bem torto, uma mistura de frigideira com raquete de tênis atropelada por um caminhão.

Arrancou folhas do livro de Ciências, amassou bem uma por uma e esperou pelo sol do meio-dia fazendo uma coisa bem desagradável: tirando a pele da rã.

Ele havia visto sua mãe fazer isso. Com a ponta do canivete, abriu a pele da barriga do bicho de alto a baixo, depois estendeu o corte aos braços e pernas e a arrancou, puxando como se despisse uma boneca.

Quis vomitar muitas vezes, mas se controlou. Aquilo só pioraria a situação.

Quando o "relógio" marcou meio-dia, pegou os óculos de seu pai e fez os raios do sol atravessar a lente que não estava quebrada, atingindo as folhas de papel amassadas. Logo surgiu uma pequena chama.

Segurando o cabo com o resto de sua camiseta, colocou a rã pelada sobre a grelha e a levou ao fogo.

Tudo estava dando certo, só que o papel queimava muito depressa. Com a mão livre ele arrancava folhas do livro de Ciências e alimentava o fogo, mas a rã era gorda e custaria a assar.

Outro problema do papel era a fumaça que fazia. Não havia ventilação ali, morreria sufocado se não pensasse em outra coisa. Precisava de madeira. Sabia onde encontrar, mas seria algo muito difícil de fazer.

Custou a aceitar, mas era mesmo bobagem poupar os lápis de cor e acabar morrendo de fome. Depois de morto eles não serviriam para mais nada.

Pegou-os na mochila e foi jogando ao fogo, um por um.

Foi uma cena triste. Começou pelas cores de que menos gostava. Cheirava o lápis e o colocava na fogueira.

Já dera cabo dos cadernos, dos livros, dos lápis, da caneta, da mochila, da camiseta... Leu a frase espetada na parede e balançou a cabeça. Agora, daquela maneira, perdendo até o que era necessário, aí é que não ia conseguir o suficiente mesmo.

"Que se dane!", pensou. Ter as coisas não tornava a pessoa melhor nem mais esperta. O importante era sobreviver.

Deu certo. A madeira fina dos lápis de cor mantinha a chama e ao final formava até pequenos cilindros de brasas. Gastou toda a coleção, mas a rã ficou bem tostada. O menino a comeu, a princípio de olhos fechados e nauseado, mas depois devorou tudo, com vontade, apetite e saudade do sal.

Com a barriga finalmente cheia de verdade, decidiu que tinha de sair dali aquele dia. Não passaria outra noite naquele lugar, de jeito nenhum. Só imaginar isso o deixava tremendo de medo.

Precisava encarar a realidade. Ninguém o encontraria. Todos tinham medo de passar por ali. O único que tinha força e coragem e enfrentaria qualquer perigo para salvá-lo era seu pai, mas não podia contar com ele.

O menino tinha de se virar sozinho.

Olhando em volta, percebeu que estava se saindo muito bem. Organizara as coisas, fizera cobertas, enfeitara as paredes, descobrira água e até comera uma refeição quente. Talvez, se pensasse bastante, também imaginasse uma maneira de sair dali.

Enterrou os restos da rã e resolveu andar um pouco, dar alguns passos dentro do buraco, de um lado para o outro, só para mexer as pernas, porque os joelhos continuavam doendo.

Ficou um bom tempo andando, dois passos para um lado, dois para o outro, como um peixe dentro de um copo de água, olhando para as paredes do buraco, tentando pensar em como escalá-las, mas não lhe ocorreu ideia alguma e acabou dando uma topada no lápis fincado no chão.

Uma topada feia.

Ele estava descalço. Destroncou o dedo mínimo do pé direito. Gritou e chorou de dor. Teve muita raiva de si mesmo por ser um idiota completo, capaz de tropeçar num lugar pequeno como aquele, como se já não bastassem todos os problemas que tinha!

Furioso, arrancou o lápis de carpinteiro do chão e tentou quebrá-lo ao meio com as mãos. Aquele lápis desgraçado que ele odiava! Aquele lápis que era motivo da risada dos colegas! A porcaria de um lápis que quase partira seu dedo!

Mas o lápis era muito duro. Por mais que fizesse força, não conseguia quebrá-lo.

Acabou sentado num canto, desanimado, derrotado pelo lápis. Apertava-o na mão direita e olhava para cima, xingando o mundo.

Foi aí que descobriu como sair do buraco.

Cajado torto

A PRIMEIRA PROVIDÊNCIA foi apontar os outros três lápis de carpinteiro de seu pai.

Fez pontas bem afiadas com o canivete. Depois pegou as duas pedras. Uma delas ele colocou no bolso do casaco. Com a outra, bateu um dos lápis, como se fosse um prego, na parede, a meio metro do chão. Espetou firme, deixando só uns cinco centímetros para fora.

Depois espetou outro, acima do primeiro, à altura de sua cabeça.

Quando experimentou se pendurar neles, segurando um com a mão esquerda e apoiando-se no outro com o pé direito, viu que aguentavam bem o seu corpo, e a ideia não lhe pareceu tão absurda.

Ficou um pouco ali, a meio metro do chão, estudando a situação.

Seu pé direito logo começou a doer, o lápis parecia rasgar o pé descalço, além da dor do dedo destroncado. Se calçasse o tênis velho, com aquele solado liso, poderia escorregar.

Cortou, com a tesoura, faixas largas de sua mochila e envolveu os dois pés com elas, como ataduras.

Voltou a se pendurar nos lápis de carpinteiro e, nessa posição, espetou um terceiro meio metro acima do primeiro. Colocou o pé esquerdo sobre este último e esticou-se todo para arrancar o primeiro e espetá-lo meio metro acima do terceiro. Conseguiu.

Apoiado no pé esquerdo, esticou-se novamente, arrancou o primeiro lápis e o enterrou na parede de barro, acima do segundo.

Percebeu que já estava a um metro do chão e ficou muito feliz. Então perdeu o equilíbrio e se esborrachou no fundo do poço.

Outro problema: para espetar os lápis na parede enquanto a escalava, teria de se equilibrar, apoiado num pé só e numa das mãos. Precisava de um pedaço de pau comprido com que pudesse apoiar-se do outro lado da parede do poço, numa emergência. Lembrou do pedaço de raiz que aparecia na parede.

Com a ponta do esquadro ele a descobriu, raspando toda a terra em volta. Ela era bem comprida e podia servir.

Trabalhando com muita pressa, com medo da noite, o menino soltou a raiz, cortando-a na extremidade com o canivete. Tinha agora uma espécie de cajado, de pouco mais de um metro, torto, mas firme.

Com os cadarços dos tênis, prendeu seu cajado à cintura e recomeçou a subir.

A ideia era ir espetando os lápis na parede e escalar, subindo por eles. Como uma escada em que ele fosse colocando os degraus à medida que subia.

O começo foi muito complicado. Tinha de calcular bem onde espetar os lápis, de forma que pudesse inclinar o corpo para arrancar os que ficavam para baixo e tornar a espetá-los mais para cima.

Isso só não foi impossível porque o menino era bem magro e ágil.

Cravando os lápis com força no barro, eles ficavam com a ponta espetada e então podia martelá-los bem com a pedra, uns quinze centímetros para dentro. Tinha de fazer isso com uma mão só.

Precisou usar o cajado várias vezes. A qualquer vacilo ele o esticava com o braço, alcançava o outro lado e com isso se reequilibrava.

Olhava para o fundo do poço, sem acreditar.

Estava subindo!

Procurava fazer tudo com muita calma, sem pressa. Se caísse, perderia os lápis cravados lá no alto.

Precisava espetar os lápis nos lugares certos e repetir a operação com precisão.

Aos poucos foi escalando a parede.

Os dedos das mãos, já bem esfolados, agora sangravam.

Começou a ter cãibras nas solas dos pés. As pernas tremiam pelo esforço. O cajado serviu também nos momentos em que precisava descansar e respirar.

A uns três metros de altura, a pedra escorregou de sua mão esquerda. Pegou a de reserva no bolso do casaco e a beijou.

O fundo do poço já ficava escuro com as sombras da tarde. Ele sabia que não podia errar. Tinha de pregar os lápis como seu pai fazia com os pregos. Com firmeza. Sem fraquejar. Cair seria a morte, com certeza.

O barro parecia mudar à medida que ele ia subindo. A terra ficava mais macia, os lápis entravam com mais facilidade. Mas não podiam ficar bambos. Tinham de sustentar o peso de seu corpo. Não podia perder aquela segunda pedra.

O suor escorria por sua testa, entrava em seus olhos. Não podia soltar as mãos para enxugá-los. Não podia ficar com as mãos molhadas, escorregadias.

Muitas vezes pensou em seu pai e em como ele prestava atenção a tudo que fazia, em como colocava seus pensamentos em cada prego que batia.

O menino gostava muito de seu pai e decidiu que sairia daquela porcaria de buraco nem que fosse só para dizer isso a ele!

Cravou um lápis com toda a força. De repente, a terra se tornou ainda mais fofa e ele não teve tempo de reparar a diferença. A pedra resvalou, o lápis entortou em sua mão e ele se assustou.

A perna esquerda vacilou, teve um espasmo de cãibra e dobrou o joelho. Tentou se equilibrar com o cajado. Não teve tempo. Largou a pedra e esticou o braço, instintivamente, tentando apoiar-se do outro lado do poço. O pé direito escorregou e o menino ficou com metade do corpo no ar, solto, debatendo-se no vazio.

Quis voltar para os lápis ainda cravados. Ficou pendurado, seguro só por uma mão. Tarde demais.

Desceu raspando o corpo na parede do buraco, ralando as coxas e o peito, desesperado, procurando amortecer a queda.

Bateu com toda a força no chão, de pé, e caiu para trás, dando outra pancada forte com a nuca.

Voltou para o fundo do poço.

. . .

O menino não conseguia mexer o corpo.

Havia perdido os sentidos. Quando abriu os olhos e a escuridão continuou, descobriu que a noite voltara. Mais uma noite.

Tinha as pernas e os braços dormentes e estava gelado. Respirava com dificuldade, com uma forte dor no peito.

Na escuridão total, sem lua, ouviu a respiração ofegante lá em cima.

Parecia mais tensa.

Não era aquele bufar ansioso, que parecia cheirá-lo, faminto, apreciando a carne fresca, reconhecendo a presa fácil. Era uma respiração muito nervosa, de fera pronta a atacar, rondando a borda do poço.

O menino conseguiu encolher os joelhos e abraçá-los.

Não sabia onde estavam suas armas. Não podia ver, mas sentia pelo eco pesado e soturno que o lobisomem estava sobre ele, olhando para ele poucos metros acima, debruçado na borda do buraco. Quase podia sentir seu hálito. Ouvia gotas de baba batendo no chão.

Não havia mais o que fazer. O corpo do menino se encolhia como nos dias de vento e tempestade, quando ouvia a mãe rezar para as paredes da casa resistirem.

Só podia esperar o ataque.

Às vezes um uivo desesperado o fazia estremecer, e depois ouvia as garras arranhando o mato em volta, o galho comprido estalando, pássaros noturnos voando espantados.

Um farfalhar de folhas secas. Um corpo se esfregando contra um tronco. Depois silêncio. E a respiração voltava, nervosa, sobre sua cabeça.

Alguma coisa estava acontecendo lá em cima. O menino não entendia. O monstro repetia os uivos desesperados e arrastava seu corpo pesado, em círculos. Terra seca e folhas mortas choviam sobre o menino, que tremia de medo e chorava em silêncio, esperando.

E os movimentos incertos voltavam. O monstro parecia indeciso. Por que não atacava?

O menino foi se recompondo. Tateou no escuro. Por que a lua não nascia? Onde estavam as estrelas? Alguma nuvem pesada encobria o céu sobre o buraco. Encontrou o canivete e o apertou firme na mão direita. Começou a fungar alto, sem poder se controlar, e sentiu mais uma vez o animal debruçado na borda do poço. Suas respirações pareciam estar no mesmo ritmo, até que um uivo violento, dilacerante, partiu do alto e caiu sobre o menino como um raio, gelando sua alma. A lâmina do canivete cortou seu dedo. O monstro se afastou, sempre aos uivos, enraivecido, girando em volta do poço.

De repente, o silêncio.

O menino não tinha noção do tempo. Podia ser o começo ou o fim da noite. O que estava acontecendo lá em cima?

Um punhado de barro caiu sobre a sua cabeça!

Mortificado, tremendo de pavor, levantou a cabeça, mas a escuridão não o deixava ver nada.

O menino continuou encolhido.

Nada aconteceu.

Ele esperou. Sem respirar.

Silêncio. Não se escutava mais a respiração ofegante do monstro.

O menino ficou quieto, até que se surpreendeu com um som inesperado.

Um galo cantou.

Raízes

A LUZ DO SOL não demorou a iluminar o fundo do poço e o menino só estava esperando por isso para começar a trabalhar.

Havia tido uma ideia. Era só uma questão de saber usar as mãos com perfeição, com calma, com paciência, com determinação. Como seu pai fazia. Em silêncio.

Começou desenrolando as ataduras de seus pés e do cotovelo esquerdo e as cortou em tiras mais finas, com a tesoura. Depois acabou de transformar o resto da mochila em tiras também.

Tirou o casaco e o cortou, retalhando-o em faixas de pano estreitas e compridas. Fez o mesmo com o que restava da camiseta. E até as pernas de sua bermuda ele fez em tiras. E foi amontoando as tiras no centro do poço.

E juntou a isso os dois cadarços dos tênis e as alças da mochila.

E cortou também a embalagem dos lápis de cor e conseguiu transformá-la numa trança de plástico de meio metro.

Em seguida, uniu as tiras umas às outras, com nós bem apertados, e conseguiu uma espécie de corda, com uns cinco metros de comprimento.

Era uma boa corda, mas não aguentaria seu peso. A ideia era outra.

Desfez a grelha e esticou todos os arames. Depois uniu-os pelas pontas e obteve um fio de aço de um metro e meio. Emendou esse fio às tiras de pano e ficou com seis metros e meio de "corda".

Precisava de mais. Precisava de tudo que pudesse conseguir dentro daquele fundo de poço. Precisava encontrar o necessário ali e fazer com que fosse o suficiente.

Emendou uma ponta da régua no fio de arame. Com pregos e tiras do couro dos tênis, amarrou a outra ponta da régua no cajado.

Numa das pontas da corda de pano ele prendeu o grande e pesado esquadro de aço de seu pai.

Calculou que sua "corda" agora media uns oito metros. Com mais os dois metros que ele alcançava de braço bem esticado para cima, achou que ia conseguir.

E então, como vira um sujeito usar um bumerangue na tevê, lançou o esquadro para fora do buraco, ao mesmo tempo que com o outro braço erguia o cajado com a parte pesada de sua "corda".

O esquadro caiu muito perto da borda e o menino o puxou de volta.

Lançou-o mais uma vez. E novamente o puxou, agora trazendo poeira e tufos de capim seco que o fizeram engasgar e encheram seus olhos de ciscos.

Fez muitas tentativas.

Cada vez jogava o esquadro mais longe da borda do poço. Até que conseguiu o que queria.

Puxou a "corda" pelo cajado com todo o cuidado. Se ela arrebentasse, seria o fim. Concentrou-se. Lembrou como seu pai era capaz de passar a tarde inteira só olhando uma tábua, estudando os veios da madeira, para trabalhar com ela depois, sem rachá-la.

Puxou lentamente. Pela régua. Pelos arames.

Era como se estivesse pescando. Um peixe grande.

A ponta do galho apareceu na borda do poço. O menino ficou satisfeito. Já estava na hora de começar a ter sorte.

Continuou a puxar pela corda de pano, com muito cuidado, bem devagar, e afinal viu o esquadro, bem enganchado em uma forquilha, na base do galho.

Agora era mais fácil. Podia ver o que estava fazendo. Foi testando a resistência da corda. Uma grande ponta do galho já aparecia sobre o buraco. O menino respirou fundo e puxou com mais força.

Tudo aconteceu muito rápido.

O galho comprido, que ele vira junto à borda do poço, despencou lá de cima, trazendo folhas, poeira, capim seco e os ramos grossos que saíam dele.

O menino pegou um pouco de água, passou no rosto, lavou os olhos, olhou para cima e achou que ia dar certo.

Subiu pelo galho, apesar das unhas dilaceradas, do cotovelo pingando sangue, da mão ferida, do dedo do pé latejando de dor, do peito e das pernas ralados.

Sentiu os pulmões mais leves, à medida que subia para o ar da superfície. Faltava pouco. Já não ouvia as batidas de seu coração ecoando no fundo do poço.

A ponta do galho não chegava até a borda. Os ramos iam se tornando finos demais para o seu peso. Vergavam sob seus pés.

Segurou no pedaço de raiz que saía da parede, no alto do poço, para respirar, e descobriu que

havia outro, bem na borda, encoberto pelo tufo de capim.

O galho comprido estava ressecado e começava a estalar sob seu peso. Não ia demorar a partir-se.

O menino podia alcançar a raiz entre os tufos se saltasse, mas não tinha base para tomar impulso. A ponta do galho era fina demais, e já estava dobrando para o lado, e ia quebrar e jogá-lo de novo no fundo do buraco.

Num esforço desesperado, subiu mais meio metro, apoiou o pé direito na raiz que estava segurando e pulou!

Agarrou-se à outra, entre o capim. Um pedaço de raiz de goiabeira, bem firme no chão.

Seus pés se desprenderam. Ouviu o canivete cair do bolso, bater no fundo do buraco. Ficou pendurado, com todo o corpo balançando ainda no alto. Prendeu-se firme à raiz, com as duas mãos.

Lentamente foi flexionando os braços, tentando encontrar apoio para os pés no barro seco e fofo.

Conseguiu passar uma perna para cima, para fora do buraco. Arrastou-se no capim, torceu o corpo, tirou a outra perna e rolou para o lado. Rolou várias vezes, afastando-se da borda. Parou, de barriga para cima, olhos bem abertos, respirando forte aquele ar diferente, puro, leve.

Estava quase nu. Tinha perdido tudo.

Os passarinhos cantavam nas árvores e os galos continuavam a cacarejar, cada vez mais longe. Viu o céu todo aberto, enorme, infinito e começou a rir. Fazia tempo que ele não ria.

Bicicleta

O menino levantou, sacudiu a poeira e voltou para casa.

Queria correr, mas não podia. O dedo destroncado, as cãibras, as dores, a fraqueza da fome... Mas estava doido de alegria. Atravessou a estrada, pegou a trilha mais larga que levava direto a sua casa, sempre rindo.

Sua mãe não estava.

Apenas o vira-lata o recebeu, latindo de alegria, e não parou de pular em sua volta e de correr. O sol já ia alto no céu, a mãe devia estar a sua procura. Viu a porta do quarto de seu pai, fechada, mas não teve coragem de incomodá-lo.

Foi para os fundos da casa, jogou dois baldes de água fria sobre o corpo e enrolou-se numa toalha velha, cheia de buracos. Acabou de se enxugar no quarto, limpando bem as feridas com a toalha ainda úmida. O sangue secara. A pele estava toda arranhada, mas limpa. Quando a mãe chegasse, ia tratar dele. Não adiantava sair atrás dela, na certa iam se desencontrar.

Vestiu um calção velho, uma camiseta furada e calçou um par de sandálias de borracha de quando era pequeno, que deixava seu calcanhar sujo de barro. Agora aquilo era tudo que tinha, mas não se importava mais. Estava satisfeito consigo mesmo.

Comeu um resto de feijão ainda morno que encontrou na panela, sobre o fogão a lenha. Comeu como se fosse o prato mais gostoso do universo e sentiu-se um rei.

Deitou-se um pouco em sua cama, de barriga cheia, olhando para o teto de seu quarto. O mundo parecia maior, mais interessante, fácil de vencer. Cochilou. Ouviu o vira-lata latir de novo. Não era ninguém estranho. Sabia quando ele latia de alegria. Pulou da cama e foi abraçar sua mãe.

Ela o viu sair de casa correndo, de braços abertos, e também abriu muito os braços, e o apertou com força, e chorou.

Os dois choraram um bocado assim, abraçados, depois entraram em casa e o menino contou o que havia acontecido. O vira-lata não parava de latir, abanar o rabo e pular.

— Agora acho que a gente devia sair pra avisar às pessoas que você está de volta — lembrou a mãe.

— Tá — concordou o menino. — Mas antes preciso fazer a coisa mais importante do mundo.

Ele então tomou coragem e abriu a porta do quarto de seu pai, para dizer o quanto gostava dele e o admirava e queria ajudá-lo. Mas levou um susto.

Encontrou a cama vazia.

A mãe começou a chorar.

— Você sabe como ele é de poucas palavras — disse ela. — Depois de um ano, ele saiu do quarto, todo arrumado, penteado até, e falou: "Vou procurar o meu filho". E saiu de bicicleta. E não voltou.

— E quando foi isso, mãe?

— Na madrugada do sábado. Logo na primeira noite em que você sumiu. Ninguém sabe dele.

O menino engoliu o choro e falou que ia atrás do pai.

• • •

O menino pediu carona a um homem de moto, que vendia bujões de gás, e desceu numa curva da estrada, onde começava a trilha entre as pedras arredondadas que levavam ao topo de um pequeno monte, o primeiro da cadeia de montanhas que limitava, ao norte, a região onde ele morava. Aquela trilha era o único caminho largo o bastante para uma bicicleta.

Todos diziam que ali havia cavernas cheias de morcegos. Ele já procurara, por duas vezes, com os amigos da escola, mas não havia encontrado caverna nenhuma.

Entre as pedras, o chão era coberto com um saibro fofo, seco. O menino sabia o que procurava.

Não foi preciso subir muito para encontrar as marcas de pneus de bicicleta. E também não foi difícil segui-las.

Andou bastante. A tarde caía.

Encontrou o pai sentado na borda de uma pedra, em silêncio, olhando o sol se pôr, ao lado de sua bicicleta.

O menino chegou devagar e teve certeza de que era seu antigo pai. Eles se abraçaram com força.

O menino sentou a seu lado e contou tudo que acontecera. Falou sem parar, sem respirar. Explicou os detalhes, as ideias que teve, e como usou as ferramentas, como eram duros os lápis de carpinteiro, como o esquadro era forte e pesado.

O homem sorria. No final, perguntou:

— Como você me encontrou?

— O senhor me ouviu dizer que ia fugir de casa, viver aqui nas montanhas, dentro de uma caverna, não foi?

— Foi. Mas sabe o que eu descobri?

— O quê?

— Estou há três dias procurando você e não tem porcaria de caverna nenhuma nestas montanhas.

— É. Eu sei.

O menino tinha uma porção de coisas para dizer, mas apenas pegou a mão do pai e a apertou firme. Só muito tempo depois tomou coragem e perguntou:

— Eu queria só saber... o que aconteceu com o senhor?

No crepúsculo, depois que os pássaros vão dormir e antes que os monstros da noite acordem, naquela fresta do tempo em que a terra faz um silêncio respeitoso, o pai falou:

— Eu vi só o lado ruim das coisas, filho. O lado que faz a pessoa desistir. Quando você sumiu, descobri que a gente não tem o direito de desistir.

O menino ia pregar aquela frase na parede de seu quarto: "A gente não tem o direito de desistir".

Voltaram para casa de bicicleta, fazendo planos.

— Não sobrou nada do material da escola, pai.

— A gente dá um jeito. Pede emprestado. Depois compra.

— As suas ferramentas ficaram no fundo do poço…

— Amanhã a gente volta lá, com uma corda, e pega.

— Quero meu canivete de volta.

— E eu preciso dos óculos. Sabe o que eu vou fazer, filho? Móveis. Ainda tenho madeira de lei na oficina. Mas móveis que *eu* inventar. Isso mesmo… armários, cadeiras, camas… tudo desenhado por mim.

— Posso pedir só uma coisa, pai?

— O quê?

— Vamos andar mais de bicicleta juntos?

— Tudo bem. De hoje em diante eu o levo à escola. Assim você não cai mais em nenhum buraco.

Os dois riram.

O menino ia na garupa, com vontade de perguntar se lobisomens existiam de verdade, mas ali, agarrado às costas fortes do pai, isso já não importava muito. Talvez fosse um cachorro mesmo.

IVAN JAF nasceu em 1957, no Rio de Janeiro. Aos 20 anos ganhou o mundo e conheceu muitos países da Europa e da América Latina. Na volta ao Brasil, começou a trilhar sua carreira de escritor. Foi roteirista de histórias em quadrinhos, de cinema e de teatro. Em 1998, o Sundance Institute (EUA) premiou seu roteiro para o filme *Maleita*. É também de sua autoria o roteiro do curta-metragem *O sushi-man* (2003), que venceu um importante prêmio dessa categoria no Brasil. Em 1997, adaptou para o teatro *O outono do patriarca*, do colombiano Gabriel García Márquez. Seu texto de dramaturgia *A calmaria* ganhou o primeiro lugar num concurso da União Brasileira dos Escritores (UBE), em 2003. Mas é como escritor de literatura infantojuvenil que Ivan Jaf tem conquistado grande destaque. Com mais de 60 livros publicados, recebeu diversos prêmios da Fundação Nacional do Livro Infantil e Juvenil (FNLIJ) e da UBE.

WEBERSON SANTIAGO nasceu em São Bernardo do Campo, em 1983. Ilustrador, colabora com editoras de livros, revistas e jornais. É professor na Quanta Academia de Artes e na Universidade de Mogi das Cruzes. Em 2008, ganhou o prêmio HQ MIX de Melhor Ilustrador e, em 2011, integrou o Segundo Catálogo Ibero-americano de Ilustração da Fundação SM, tendo sido o único brasileiro representado nessa publicação. Pela SM, publicou *Tirar de letra* (2014) e *O Invasor* (2016).

FONTES Unit Rounded e Augereau

PAPEL Offset 90 g/m^2